16 mai 1891

P

VENTE DU SAMEDI 16 MAI 1891

HOTEL DROUOT, SALLE N° 1

COLLECTION DE M. J. W.

TABLEAUX

AQUARELLES & DESSINS

Mᵉ PAUL CHEVALLIER
COMMISSAIRE-PRISEUR
10, rue de la Grange-Batelière, 10

M. GEORGES PETIT
EXPERT
12, rue Godot-de-Mauroy, 12

Collection de M. J. W.

TABLEAUX

AQUARELLES ET DESSINS

PARIS. — IMPRIMERIE DE L'ART
E. MÉNARD ET Cie, 41, RUE DE LA VICTOIRE

CATALOGUE

DE

TABLEAUX MODERNES

PAR

Dupray, Berne-Bellecour, Chartran, Delort, Lambert
Roybet, Vollon, etc.

AQUARELLES ET DESSINS

PAR

De Beaumont, Cabanel, Delort, Dupray, Ferrier, Forain
Français, Gavarni, Madeleine Lemaire, Leloir
Lhermitte, H. Monnier, Pils, Pointelin, Th. Rousseau, etc.

COMPOSANT

LA COLLECTION DE M. J. W.

ET DONT LA VENTE AURA LIEU

HOTEL DROUOT, SALLE N° 1

Le Samedi 16 Mai 1891

A DEUX HEURES ET DEMIE

COMMISSAIRE-PRISEUR
Me PAUL CHEVALLIER
10, rue de la Grange-Batelière, 10

EXPERT
M. GEORGES PETIT
12, rue Godot-de-Mauroi, 12

EXPOSITION PUBLIQUE

Le Vendredi 15 Mai 1891, de 1 h. à 5 h. 1/2

CONDITIONS DE LA VENTE

Elle sera faite au comptant.

Les acquéreurs payeront, en sus des adjudications, *cinq pour cent* applicables aux frais.

Paris. — Imprimerie de l'Art, E. Ménard et Cie, 41, rue de la Victoire.

DÉSIGNATION

TABLEAUX

BERNE-BELLECOUR

1 — *Le Duel.*

Au premier plan, un vieux cavalier appuyé sur son sabre, après avoir déposé soigneusement ses effets à côté de lui, se prépare au combat. En face, un jeune, le torse nu, ayant jeté fiévreusement ses effets autour de lui, écoute les derniers conseils que lui donne un témoin.

Dans le chemin qui conduit à l'infirmerie, un médecin-major vu de dos prépare sa trousse : à côté de lui, le maître d'armes, en pantalon de treillis, ayant sur sa tunique le ruban de la médaille militaire, rassure les camarades que l'on aperçoit dans l'embrasure de la porte, tandis que le second témoin met son ceinturon.

Au premier étage, à travers une fenêtre grillée, un malade coiffé d'un bonnet de coton regarde les préparatifs de la rencontre, ainsi que trois autres soldats que l'on aperçoit à l'étage supérieur.

Très important tableau du maître et d'une grande variété d'attitude.

Toile. Signé à droite.

Haut., 67 cent.; larg., 50 cent.

CHARTRAN

2 — *Vision de saint François d'Assise.*

Dans une étable, assis dans la paille, près d'un moine endormi, le saint se soulève et regarde vers la porte des anges qui lui apparaissent ; à gauche, au premier plan, des animaux.

Première idée du tableau ayant figuré au Salon de 1883 et actuellement au musée de Carcassonne.

Les anges ont été remplacés dans le tableau définitif par un jeune berger jouant de la cornemuse.

Signé : Roma 1882.

Haut., 52 cent.; larg., 82 cent.

CHENU

(FLEURY)

3 — *Le Départ de la voiture publique; effet de neige.*

Haut., 42 cent.; larg., 64 cent.

Ventes Sedelmeyer et Berthelier.

DELORT

4 — *La Sortie du confessionnal.*

Une jeune fille, vêtue d'un élégant costume Louis XV, à fleurettes roses et vertes sur fond blanc, sort du confessionnal; elle tient à la main son livre de prières et un petit sac en forme d'aumônière.

Derrière elle, le confessionnal, en acajou avec frontons dorés rappelant l'époque Louis XV, reçoit par un vieux vitrail quelques rayons multicolores.

Sur le sol, on aperçoit une pierre tombale sur laquelle est dessiné un chevalier.

Toile. Signé à gauche.

Haut., 92 cent.; larg., 65 cent.

DRYANDER

5 — *Un Commissaire aux armées.*

Appuyé contre un rocher, en costume militaire, il lit un papier; à côté de lui, son tricorne et son épée.
Signé Dryander, Saarbruck, 1799.

Haut., 37 cent.; larg., 28 cent.

Vente Boulanger.

LAMBERT

6 — *L'Envahissement.*

Au milieu d'une pièce richement décorée et ornée de tentures aux chatoyantes couleurs, une famille de chats. A gauche, dans un panier on en aperçoit deux qui jouent avec des écheveaux de laine ; à droite, la mère, une belle chatte blanche, surveille les ébats de ses petits, tandis qu'un troisième, assis sur un tabouret en tapisserie, guette le moment où il pourra prendre sa place.

Toile. Signé à droite.

Haut., 45 cent.; larg., 38 cent.

ROYBET

7 — *L'Arquebusier.*

Un homme d'armes, l'arquebuse sur l'épaule, monte la garde devant une porte. Il est vêtu d'une culotte rouge et d'un justaucorps à collerette blanche. Sa physionomie est sévère et expressive.

Panneau.

Signé à gauche.

Haut., 60 cent.; larg., 37 cent.

VOLLON

8 — *Nature morte.*

A droite, un vase en argent sur un plat de même métal; autour sont groupés quelques pommes d'api, une brioche et un petit pot à crème en vieille faïence de Gien.

Tableau d'une très jolie composition et d'un beau coloris.

Toile. Signé à gauche.

Haut., 32 cent.; larg., 47 cent.

HENRY DUPRAY

Les droits de reproduction des Tableaux et Aquarelles d'Henry Dupray appartiendront aux acquéreurs, excepté pour les épreuves photographiques.

9 — *Arrivée du maréchal Canrobert, suivi de son état-major, sur la place de la Concorde.*

Toile. Haut., 40 cent.; larg., 32 cent.

10 — *Officier, trompette et grenadier à cheval de la garde impériale, 1804.*

Toile. Haut., 40 cent.; larg., 30 cent.

11 — *Guerre d'Espagne, 1808.*

Régiment de la Vistule, infanterie polonaise au service de la France.

Panneau.

Haut., 32 cent.; larg., 24 cent.

12 — *Après l'exercice.*

Officier et voltigeur de la garde impériale, 1809.

Panneau.

Haut., 24 cent.; larg., 32 cent.

13 — *Pupilles et Vétérans de la jeune garde, 1812.*

Panneau.

Haut., 32 cent.; larg., 24 cent.

14 — *Officier et grenadiers à pied de la garde impériale; 3e régiment hollandais, 1806.*

Panneau.

Haut., 32 cent; larg., 24 cent.

15 — *Soldat d'infanterie de ligne, 1806.*

Panneau.

Haut., 32 cent.; larg., 24 cent.

16 — *Salut au drapeau; infanterie de ligne, 1860.*

Panneau.

Haut., 35 cent.; larg., 27 cent.

17 — *Une Rue de Paris en 1830; garde municipal à cheval.*

Toile. Haut., 40 cent.; larg., 30 cent.

18 — *Détachement de dragons, 1816.*

Toile. Haut., 40 cent.; larg., 30 cent.

19 — *Sur la route de Paris.*

Grenadiers et fusiliers de l'infanterie suisse au service de la France, en 1809.

Panneau.

Haut., 32 cent.; larg., 24 cent.

20 — *Avant la revue.*

Tambour et sapeur de l'infanterie de ligne et de l'infanterie légère, 1804.

Panneau.

Haut., 24 cent.; larg., 32 cent.

21 — *Un Moment de repos.*

Officiers et chasseurs à pied, 1860.

Panneau.

Haut., 28 cent.; larg., 35 cent.

22 — *Saint-Valery-sur-Somme; douaniers, 1810.*

Panneau.

Haut., 24 cent.; larg., 32 cent.

23 — *Un Renseignement.*

Régiment de la police de Paris, en 1804.

Toile. Haut., 40 cent.; larg., 30 cent.

24 — *Contact de cavalerie.*

Cuirassiers blancs en fuite devant des dragons français.

Toile.

25 — *Le Manège à l'École de cavalerie de Saumur, 1830.*

Toile. Haut., 30 cent.; larg., 40 cent.

26 — *Carabiniers de l'Empire, 1812.*

Toile. Haut., 40 cent.; larg., 30 cent.

27 — *Avant la bataille.*

Maréchal de France et aide de camp, 1810.

Toile. Haut., 40 cent.; larg., 30 cent.

28 — *Généraux et aide de camp.*

État-major général de la première République.

Toile. Haut., 40 cent.; larg., 30 cent.

29 — *Chasseurs à cheval, 1830.*

Toile. Haut., 40 cent.; larg., 30 cent.

30 — *En vedette.*

Chevaux-légers, lanciers, 2e régiment de la garde impériale, 1810.

Toile. Haut., 40 cent.; larg., 30 cent.

31 — *En reconnaissance.*

Dragons, premier Empire, 1807.

Toile. Haut., 30 cent.; larg., 40 cent.

32 — *Ronde d'officier.*

Garde national à pied et à cheval, 1830.

Toile. Haut., 40 cent.; larg., 30 cent.

33 — *Maréchal de France et officier du corps royal d'état-major, 1818.*

Toile. Haut., 40 cent.; larg., 30 cent.

34 — *En observation.*

Hussard, 1792.

Toile. Haut., 40 cent.; larg., 30 cent.

35 — *Convoi de prisonniers.*

Gendarmes à pied et à cheval, 1804.

Toile. Haut., 40 cent.; larg., 30 cent.

36 — *Gardes de la Convention.*

Panneau

Haut., 32 cent.; larg., 24 cent.

37 — *Vétérans de la garde impériale, 1804.*

Panneau.

Haut., 32 cent.; larg., 24 cent.

38 — *Convoi de blessés.*

Légion portugaise au service de la France, 1808.

Toile. Haut., 40 cent.; larg., 30 cent.

39 — *Le Palais de Versailles.*

Officiers de l'ancienne infanterie, 1789.
Panneau.

Haut., 24 cent.; larg., 32 cent.

40 — *Dans la tranchée.*

Garde nationale mobile, 1870.
Panneau.

Haut., 35 cent.; larg., 28 cent.

41 — *Colonne de route.*

Fusiliers et grenadiers de la garde impériale.
Panneau.

Haut., 32 cent.; larg., 24 cent.

42 — *Après la pause.*

Infanterie de ligne, 1812.
Panneau.

Haut., 32 cent.; larg., 24 cent.

43 — *En tirailleurs.*

Tirailleurs de la garde impériale, 1812.
Panneau.

Haut., 32 cent.; larg., 24 cent.

44 — *En faction.*

Garde national de Paris.
Panneau.

Haut., 32 cent.; larg., 24 cent.

45 — *La Coupée.*

Officiers de vaisseau et équipage de la flotte, 1852 à 1870.
Panneau.

Haut., 35 cent.; larg., 28 cent.

46 — *Le Bureau du génie.*

Officiers et soldats, 1860.
Panneau.

Haut., 35 cent.; larg., 28 cent.

47 — *La Garde des pontons.*

Matelot, officiers et ouvriers militaires, 1804.
Panneau.

Haut., 24 cent.; larg., 32 cent.

48 — *La Pause.*

Légion étrangère, 1852.
Panneau.

Haut., 28 cent.; larg., 25 cent.

49 — *Élèves de l'École de cavalerie de Saint-Germain.*

Premier Empire.

Toile. Haut., 40 cent.; larg., 30 cent.

50 — *Un Carrefour, en 1818.*

Élèves de Saint-Cyr et Polytechnique.
Panneau.

Haut., 32 cent.; larg., 24 cent.

51 — *Allant prendre position.*

Artillerie à cheval et train de la garde impériale, 1804.

Toile. Haut., 40 cent.; larg., 30 cent.

52 — *Quittant le bord.*

Officiers de marine de la garde impériale et canonniers garde-côtes, 1808.
Panneau.

Haut., 32 cent.; larg., 24 cent.

53 — *En faction aux Tuileries.*

Grenadiers à pied du 1er régiment de la garde impériale, 1804.
Panneau.

Haut., 32 cent.; larg., 24 cent.

54 — *Inspection avant la revue.*

Conscrits de la garde impériale, 1810.
Panneau.

Haut., 32 cent.; larg., 24 cent.

55 — *Une Porte à Landrecies.*

Infanterie de ligne, 1854 à 1860.
Panneau.

Haut., 35 cent.; larg., 28 cent.

56 — *Revue de la garde impériale à Longchamp.*

Grenadiers et voltigeurs, 1869.
Panneau.

Haut., 35 cent.; larg., 28 cent.

57 — *Le Prisonnier.*

Gendarmes départementaux à pied et à cheval, 1872.
Panneau.

Haut., 35 cent.; larg., 28 cent.

58 — *Le Corps de garde.*

Régiment suisse de la garde royale, 1830.
Panneau.

Haut., 32 cent.; larg., 24 cent.

AQUARELLES ET DESSINS

BEAUMONT

(DE)

59 — *La Rencontre.*

Une lorette se retourne pour regarder un lion qui la suit. (Costumes de 1860.)

Aquarelle.

CABANEL

60 — *Jeune Page portant une épée.*

Dessin.

Étude pour son tableau de Saint Louis.

N° 212 de la vente Cabanel.

DAUMIER

(H.)

61 — *Une Sérénade.*

Sépia.

DELORT

62 — *Le Récit; scène Moyen-Age.*

Dessin à la plume.

DUPRAY

63 — *Officier de spahis, 1845.*

DUPRAY

64 — *Officier de lanciers de Nemours, 1832.*

DUPRAY

65 — *Officier de hussards, 4e régiment, 1835.*

DUPRAY

66 — *Officier de lanciers, garde impériale, 1860.*

DUPRAY

67 — *Officier de lanciers, garde royale, 1824.*

DUPRAY

68 — *Maréchal de France, 1812.*

FERRIER

(G.)

69 — *La Vieille et les deux Servantes.*

FORAIN

70 — *Une Présentation.*

Dans les coulisses de l'Opéra, une danseuse présente une de ses amies à un jeune homme; au fond, contre un portant, une danseuse cause avec un abonné.

Aquarelle.

FRANÇAIS

71 — *Le Corbeau et le Renard.*

Aquarelle.

FRANÇAIS

72 — *La Chouette.*

Aquarelle.

GAVARNI

73 — *Le Balayeur.*

Aquarelle.

HAWKINS

74 — *Après le travail.*

Sur le bord d'un étang, une faneuse, appuyée sur un râteau, regarde son compagnon qui se désaltère.

Aquarelle.

LEMAIRE

(MADELEINE)

75 — *Une Élégante.*

Une jeune femme coiffée d'un chapeau à plume, avec corsage garni de fourrure, d'une main tient un mouchoir et de l'autre plisse sa robe.

Dessin à l'encre de Chine.

LELOIR

76 — *L'Arbalétrier blessé.*

Dessin.

LHERMITTE

77 — *Les Bûcherons.*

Au milieu d'une clairière, deux bûcherons sont en train d'abattre un arbre ; à droite, un troisième scie un tronc renversé ; forêt dans le lointain.

Dessin.

MONNIER

(HENRY)

78 — *Portrait de l'auteur dans le rôle de Rousseau, dans* la Famille improvisée.

Aquarelle.
Signé Henry Monnier, Bruxelles, 1853.

OUVRIÉ

79 — *Église de Laroche.*

Aquarelle.
Signé J. O. Juillet 1841.

PILS

80 — *Un Chasseur de Vincennes.*

Aquarelle.

POINTELIN

81 — *Les Rochers.*

Aquarelle.

ROUSSEAU

(PH.)

82 — *Ruche et Fleurs.*

Aquarelle.

TESSON

(L.)

83 — *Les Mendiants.*

Aquarelle.

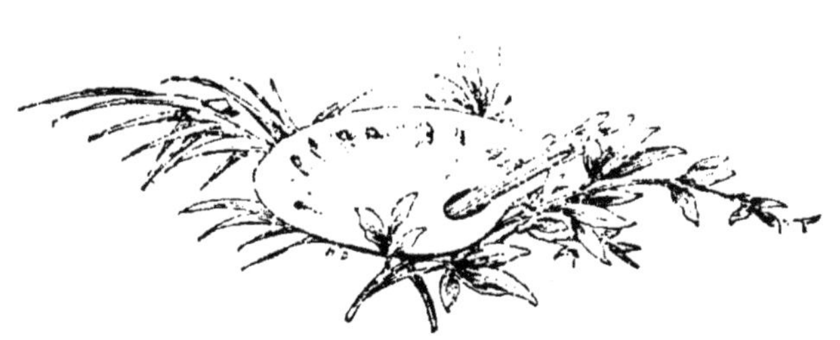

www.ingramcontent.com/pod-product-compliance
Ingram Content Group UK Ltd.
Pitfield, Milton Keynes, MK11 3LW, UK
UKHW020215180726
13838UKWH00005B/2006